ALLOCUTION

EN FAVEUR DE LA

CAISSE DES ÉCOLES DU 2ᵉ ARRONDISSEMENT

PRONONCÉE PAR

S. G. Mᴳᴿ DARBOY

ARCHEVÊQUE DE PARIS

DANS L'ÉGLISE SAINT-EUSTACHE

A la Messe solennelle du jeudi 23 mars 1865

PARIS,

TYPOGRAPHIE CHARLES DE MOURGUES FRÈRES,

Rue Jean-Jacques Rousseau, 8.

—

1865

ALLOCUTION

EN FAVEUR DE LA

CAISSE DES ÉCOLES DU 2ᵉ ARRONDISSEMENT

PRONONCÉE PAR

S. G. Mgr DARBOY

ARCHEVÊQUE DE PARIS

DANS L'ÉGLISE SAINT-EUSTACHE

À LA MESSE SOLENNELLE DU JEUDI 23 MARS 1865.

MES FRÈRES,

Je ne suis pas étonné de ce concours immense que provoque la fête d'aujourd'hui : ce sont de grands intérêts qui vous rassemblent et pour lesquels vous manifestez vos sympathies. Je vois avec bonheur les représentants les plus éminents de toutes les forces de notre pays saluer la jeunesse et exprimer à leur manière de quel intérêt ils couvrent cet âge, qui est l'avenir. C'est la France d'aujourd'hui qui salue la France de demain et lui souhaite la bienvenue.

Je remercie les hommes distingués qu'animent tous ces sentiments que j'interprète ici. Je remercie

l'éminent Ministre de l'instruction publique, le
Général commandant la Garde nationale ; je remercie
les Magistrats de l'arrondissement et l'excellent Curé
de cette paroisse, et vous tous, qui avez voulu montrer quelle grande idée vous avez de l'éducation.

Et vous ne vous trompez pas ! Il n'y a qu'une chose
capitale pour l'homme, c'est d'éclairer son esprit
pour gouverner sa vie. Faites des hommes, comme
on l'a dit, et des chrétiens. Gouverner l'intelligence
en l'éclairant, et gouverner la vie en disciplinant
l'activité, voilà le but de l'instruction et de l'éducation.

Je voudrais vous en dire deux mots pour provo-
quer plus encore l'effusion de vos sympathies et vous
conquérir tous à cette œuvre qui intéresse le pays et
la religion.

Éclairez l'esprit : l'homme doit connaître et lui-
même et ce qui l'entoure. On ne gouverne que ce qu'on
domine, et l'on ne domine que ce qu'on connaît. Il
n'y a, notez-le bien, que la supériorité intellectuelle
qui sache prendre et garder la direction du monde.

Il faut donc éclairer l'intelligence, lui donner la
conscience de ses propres forces, lui révéler tout ce
qui se passe autour d'elle, lui permettre d'en prendre
la mesure, et ainsi l'armer de tout ce qui est nécessaire pour se gouverner et gouverner les autres.

Il faut donc, mes frères, que l'enfant, que l'homme

soit discipliné de bonne heure, et qu'il apprenne à se connaître, à mesurer ses aptitudes, à calculer les forces de son esprit, la portée de son intelligence, la direction de sa vocation ; qu'il compte avec ses instincts, avec ses penchants, non pas seulement avec ces instincts d'en bas, et ces intérêts, ces besoins matériels, — tout cela tient aussi sa place dans la vie, — mais avec ces nobles instincts, ces fiers penchants, avec ces besoins élevés de l'intelligence d'où la vie tire tout son lustre et tout son éclat.

Eh bien ! mettez vos enfants de bonne heure en présence d'eux-mêmes ; qu'ils se connaissent, et, pour se connaître, qu'ils s'étudient ! Mettez-les en présence de la vie humaine. Ils sont environnés de leurs semblables, qui sont leurs concurrents, leurs rivaux, et qui, quelquefois, deviennent leurs adversaires. Qu'ils connaissent les hommes, les choses, les événements ; car les événements de la vie ont leur force dont nous ne sommes pas les maîtres : nous arrivons dans le monde sans le vouloir, et nous en sommes enlevés sans qu'on nous consulte. Entre ces deux extrêmes qui ne dépendent pas de nous, il y a une foule de choses qui ne relèvent pas de notre liberté, et devant lesquelles il faut s'incliner. Il est donc nécessaire que l'homme se rende compte de cette force supérieure qui domine la vie humaine, et qu'il la connaisse comme il connaît ses semblables et lui-même. Mais cela ne peut se faire que par deux moyens : par l'expérience personnelle ou par l'expérience des autres.

L'expérience personnelle ! elle est longue à acquérir ; elle ne vient que quand on ne peut plus s'en servir, et l'homme expérimenté est celui qui va disparaître. Il n'y a donc pas lieu d'opérer avec ses forces propres. Il faut se fier aux autres, c'est-à-dire à l'expérience de nos supérieurs, et accepter par l'instruction la lumière qui nous manque originellement. Il faut donc que l'enfant se plie avec docilité aux leçons qui lui sont données, aux conseils qu'il reçoit, et qu'il supplée ainsi à son inexpérience par l'expérience d'autrui. Il faut qu'il se fasse une expérience anticipée et d'emprunt, afin que, quand il entre dans la vie, il soit tout armé et préparé au combat. Malheur à ceux qui ont été trahis par leurs familles ou par leurs maîtres, qui n'ont pas trouvé au foyer domestique, à l'école et autour d'eux, dans leur jeunesse, les éléments qui pouvaient les discipliner !

Jeunes gens ! comptez avec tous ceux qui s'occupent de vous ; comptez avec eux pour les écouter docilement, pour les environner de votre respect, pour adhérer à leurs paroles et accepter une lumière qui vous manque et que vous n'auriez pas de longtemps si vous ne la cherchiez qu'en vous.

Et vous, pères, mères, maîtres, instituteurs, vous tous qui êtes réunis ici et qui éprouvez quelque chose pour la génération qui s'élève, donnez-leur, si je puis m'exprimer ainsi, de votre expérience par la gravité de vos exemples, par l'autorité de vos conseils et par la correction de votre vie.

Nous sommes tous solidaires ; la loi du monde est : chacun pour tous, tous pour chacun. Personne ne doit se désintéresser de son temps ni de son pays ; et il faut que, dans la mesure de nos forces, nous servions ceux qui nous environnent.

Quand un pauvre tend la main, vous lui faites l'aumône de votre argent ; si vous n'avez pas d'argent, vous lui donnez vos sympathies et vos larmes. Donnez à l'enfant qui est pauvre, à la jeunesse qui est inexpérimentée ; faites-lui l'aumône de votre expérience, de vos lumières, de votre sagesse, de votre raison. Oui, rendez service à ces enfants. Peut-être vos soins ne seront-ils pas compris ni bien utilisés ; mais que serait-ce, si vous ne les donniez pas ? Venez donc en aide à ces jeunes élèves, afin de suppléer à ce qui leur manque, et qu'ils soient placés, autant qu'il est en votre pouvoir, dans les conditions du succès.

Mes enfants, vous-mêmes vous ne devez pas vous désintéresser de votre avenir. Nous pouvons quelque chose pour vous, la société fait même beaucoup ; elle vous environne de sollicitude et de tendresse ;

mais vous ne pouvez pas rester étrangers à vos propres progrès; et il faut que vous vous en occupiez par l'étude et la réflexion : par l'étude et la lecture, qui vous mettent en rapport avec la pensée des autres; par la réflexion, sans laquelle il n'y a pas de lecture utile.

Voyez, mes enfants, si vous ne réfléchissez pas, si vous ne recueillez pas vos sens, si vous n'avez pas des heures de réflexion, toute cette nourriture intellectuelle qui vous vient par la lecture ne fait que passer; vous ne vous l'assimilez pas; cela ne fait pas un tempérament vigoureux, et vous ne valez rien ; car on ne vaut que par des efforts personnels, et c'est l'honneur et la dignité de l'homme de se faire lui-même et d'être de toute manière l'artisan de sa destinée.

Mes chers frères, et vous surtout qui êtes pères, aidez cette jeunesse à sortir de la condition où la nature l'a placée; à transfigurer le milieu où elle vit, afin qu'elle en tire le meilleur parti possible et devienne aussi grande qu'elle le peut.

Au reste, le but qu'on se propose, ce n'est pas seulement d'éclairer l'intelligence. Certainement il faut que l'homme qui est un esprit, ait de l'esprit ; mais il n'en a que pour s'en servir, et le meilleur usage qu'il puisse en faire, c'est de savoir se conduire. Il faut donc que l'homme soit non-seulement éclairé, mais moral ; et la véritable grandeur de l'homme, mes frères, c'est la grandeur morale. L'intelligence est une belle et noble chose ; il faut la saluer quand on la rencontre ; il faut saluer ces hommes dans lesquels Dieu a imprimé plus particulièrement, pour ainsi dire, une trace, un vestige de son esprit créateur. Mais ce qui fait la véritable supériorité, le véritable mérite de l'homme devant ses semblables et devant Dieu, c'est la grandeur morale ; c'est le bon usage de la liberté ; c'est cette dignité de vie par laquelle on corrige l'infirmité de l'intelligence, et au besoin l'ingratitude des conditions matérielles où l'on est engagé, par laquelle aussi on échappe à toutes les étreintes du malheur, en montrant un courage qui force l'amitié de Dieu, tout aussi bien que l'estime des hommes.

C'est donc le bon usage de notre liberté qui nous sauvera. Eh bien ! dans cette liberté, dont on doit se servir pour la correction des mœurs, par la discipline intérieure et la dignité de la vie, dans cette liberté il y a deux choses : un péril et un mérite.

C'est un péril pour ces petits enfants. Je les vois sortant de l'école et de l'église en proie aux suggestions du dedans, aux sollicitations du dehors, enveloppés des illusions de cette vie pleine d'aisance, de luxe, de grandeur, si vous le voulez, mais aussi de corruption ; je les vois mis en demeure, eux si faibles et si petits, de s'expliquer avec toutes ces excitations pleines de prestige, et je tremble pour leur avenir. J'ai peur, mes frères, qu'ils ne portent pas bien votre nom. J'ai peur qu'ils ne trahissent votre affection paternelle et maternelle, et qu'en avançant dans la vie, ils ne soient la proie de leurs propres passions, des passions d'autrui, et qu'ils ne sachent pas préserver cet héritage d'honneur et de dignité que vous avez voulu leur léguer.

Donnez-nous donc la main; entendons-nous pour préserver ces jeunes gens, pour les préparer aux luttes de la vie, et leur donner cette énergie virile, cette vigueur d'âme, qui fait qu'on s'appartient.

Il y a donc un péril dans cette liberté dont Dieu nous a dotés, mais il y a aussi un mérite : car, ainsi que je vous le disais, c'est seulement par le bon usage que nous faisons de notre volonté, de notre activité personnelle que nous valons quelque chose. Les hommes ne valent pas par ce qu'ils sont originairement, mais par ce qu'ils deviennent spontanément. C'est par le vouloir, par l'énergie, par le travail, c'est par tous ces moyens que l'homme s'impose à la création, qu'il imprime sur les choses de la nature le sceau de son génie, et que, montant plus haut encore, il se place dans une situation morale où ses semblables ne peuvent lui refuser son estime, ni Dieu son amitié.

Les créatures que nous voyons, les animaux qui traînent sous nos pieds des destinées sans gloire, les avengles soleils qui peuplent les cieux, n'ont pas la conscience de ce qu'ils deviennent ; ils sont forcément ce que veut les faire le Créateur. Mais nous, nous vivons à nos risques et périls ; nous sommes ce que nous voulons. Encore une fois, mes enfants, la liberté, c'est votre péril, mais c'est aussi votre grandeur !

Eh bien ! soyez enfants respectueux ; soyez élèves dociles ; contractez dès le jeune âge des habitudes morales qui seront votre plus beau patrimoine. Je ne sais pas si vous aurez de la fortune. Qui est-ce qui en a, ou du moins, qui peut se flatter de la retenir dans des temps comme le nôtre, où nous avons ajouté à l'instabilité des choses humaines, et où nul n'est sûr du bonheur du lendemain ? Que vous auriez tort, mes enfants, de compter sur le travail de vos parents, sur la fortune qu'ils peuvent vous laisser ! Riches ou pauvres, soyez certains de ce que je vous dis : il n'y a que votre valeur personnelle qui puisse durer.

Et c'est pour cela, pères et mères, que je vous demande de constituer à vos enfants, en élevant leur intelligence et réglant leur vie, une valeur personnelle considérable avec laquelle ils puissent parer à toutes les difficultés et se montrer supérieurs à toutes les épreuves.

Je voudrais donc que ces enfants eussent un cœur noble, un caractère énergique, de la décision dans la volonté. Je voudrais qu'ils eussent une correction de mœurs qui les préservât de leur propre faiblesse et des passions, et des entreprises d'autrui. Eh bien! pour cela, pour faire leur éducation morale, il y a le foyer domestique, l'école, l'église et la société.

Le foyer domestique : vous y régnez en maîtres et en maîtresses. Vous pouvez beaucoup pour vos enfants. O pères de famille, comprenez la grandeur de votre mission. Ce n'est pas une chose vulgaire que la paternité : vous portez sur le front le signe de Dieu Créateur. Avec cette puissance qui vous a été donnée, vous avez une mission à remplir. Vous ne devez pas seulement considérer que ces enfants tiennent à vous par les liens du sang, mais que vous tenez à eux par une responsabilité morale dont vous n'avez pas le droit de vous affranchir. Parlez donc à vos enfants, parlez à vos filles, à vos fils avec empire; que le pouvoir ne tremble pas dans vos mains, mais forcez l'obéissance à se montrer en faisant paraître vous-mêmes l'autorité. Placez l'autorité au foyer domestique pour qu'on la retrouve ailleurs.

Vous, mères de famille, croyez-moi : vous êtes les anges gardiens du foyer : vous y faites régner l'honneur et l'innocence. Garantissez vos enfants de tout contact qui pourrait ternir la dignité de votre nom.

Préservez vos jeunes filles, préservez vos fils de tout mauvais exemple, afin qu'ils grandissent avec une vie correcte, avec des mœurs chrétiennes, et que votre nom puisse être porté honorablement.

A l'école, maîtres, instituteurs, ou dans la société, vous tous qui avez une action sur le jeune âge, laissez-moi vous répéter une parole que les païens euxmêmes se disaient : « Un grand respect est dû à la « jeunesse, et rien qui puisse la faire rougir ne doit « se passer devant elle. » Si les païens prononçaient cette maxime, comment, à plus forte raison, ne pas vous la redire, vous la recommander, moi chrétien, moi prêtre, moi évêque? Comment voulez-vous que je ne vous presse et ne vous conjure pas d'environner vos enfants de sollicitude, de respect, d'honneur, et de les aider à se composer des mœurs qui puissent rassurer l'avenir.

A l'église, ils trouveront, je le sais, et j'en remercie le clergé si intelligent et si zélé de cette paroisse, ils trouveront des leçons et des conseils qui leur porteront bonheur. Seulement, il faut qu'ils y viennent. Veillez donc à ce qu'ils s'y rendent, et maintenant et plus tard, pour les catéchismes, les instructions et les offices, où tout contribuera puissamment à développer et à fortifier leur courage et leur vertu.

Je demande ces choses, mes frères, pour vos enfants, pour leurs plus chers intérêts; car le grand intérêt de l'homme, c'est sa valeur morale, encore une fois, parce que c'est la condition de son bonheur. Si donc j'exprime le vœu que vos enfants soient préservés du mal, c'est pour eux : qu'ils se respectent et se conduisent chrétiennement, c'est pour leur félicité ; car la félicité ne se trouve que dans la paix de la conscience et dans la dignité de la vie. Non! je ne veux pas croire, en effet, pour l'honneur de l'humanité, je ne veux pas croire qu'en amassant autour de soi je ne sais quelles choses extérieures qu'on appelle richesses et grandeurs, mais que ne relève pas le mérite personnel, on ait conquis, on puisse garder le bonheur dans la vie. Non! il n'y a de bonheur pour l'homme, s'il a le cœur noble et l'esprit bien fait, que dans le témoignage favorable qu'il peut se rendre, que dans l'estime qu'il lui est permis de concevoir de lui-même et qui est le résultat de son dévouement au devoir.

Que vos enfants aient donc cette gravité de vie, image extérieure d'une conscience forte et tranquille au-dedans : c'est leur bonheur et leur dignité.

Mais c'est aussi votre intérêt : la bonne conduite des enfants, c'est la joie et l'honneur des familles, pères et mères. A mesure que vous avancez dans la vie et que vous voyez clair à travers les choses du monde, dites-moi, en effet, quel est le principal souci que vous remportez de toutes les épreuves et de toutes les expériences? N'est-ce pas l'avenir de vos enfants? Pourquoi cette vague inquiétude qui pèse sur vous? C'est que vous vous demandez non seulement si leur fortune et la vôtre, mais encore si votre honneur, l'honneur de votre nom, si tout cela restera : oui, votre nom, car vous ne pouvez pas vous regarder comme étrangers à la destinée qu'ils lui feront. Eh bien ! les meilleures conditions dans lesquelles vous puissiez placer vos enfants et par conséquent votre nom, ce sont les conditions de moralité, d'instruction, de dignité, toutes ces lois, toutes ces exigences d'un être intelligent et moral, dont je vous ai parlé.

Et ce n'est pas ici seulement l'intérêt des enfants, l'intérêt des familles, c'est aussi, c'est enfin l'intérêt de notre pays. Les nations ne sont que ce que sont les familles; et les familles que ce que sont les individus. Quand les individus n'ont point de valeur, les familles s'abaissent, elles n'ont ni honneur, ni joie, ni repos; et quand les familles sont ainsi faites, il n'y a ni force, ni grandeur dans les nations.

Les nations ne seraient rien aux yeux de leurs voisines sans une force qui les protége et qui inspire le respect. Mais la force ne suffit pas, et le glaive lui-même a besoin d'un système qui le porte et le dirige, d'une discipline, d'une consigne à laquelle il obéit; autrement il se retournerait contre ce qu'il a mission de défendre et abattrait ce qu'il doit garder.

Il fant donc une force morale dans le monde. Eh bien ! c'est cette force qui se fonde dans l'école, la famille, l'église et la société, par les bonnes paroles, par les bons exemples, par la correction de la vie, par toutes ces forces, par toutes ces conditions de l'éducation, de l'existence humaine, que j'ai essayé de décrire devant vous.

En terminant cette courte allocution, je vous demande de nouveau vos meilleures sympathies pour l'Œuvre des écoles de cet arrondissement. Refuserez-vous de témoigner les sentiments qui vous animent et de contribuer à une institution dont la portée est si considérable ? Non, mes frères. Je sais bien que vous avez des charges, et que souvent la Charité sous toutes les formes frappe à votre porte ; mais c'est la gloire de l'homme de n'être jamais inférieur aux difficultés qui se présentent, et de se montrer, au contraire, toujours plus grand que les misères au milieu desquelles il vit. C'est là votre noblesse, c'est là votre grandeur.

Ce que vous faites pour les enfants des autres, peut-être le fera-t-on pour ceux qui viendront après vous.

Croyez-moi, montrez de la générosité, du dévouement, du courage : ce sont vos concitoyens, ce sont vos amis, ce sont vos enfants ; vous vivez au milieu d'eux, ils vivent au milieu de vous; et vous ne voudriez pas rester étrangers à une œuvre patronnée d'une manière si glorieuse, conduite avec tant de courage et qui aujourd'hui reçoit de personnages considérables une marque si éclatante de sympathie. Cet intérêt, qui est exprimé par tant de personnes, vous convaincra qu'il y a là une grande chose à laquelle vous ne pouvez rester indifférents, et vous ne refuserez pas d'ajouter à tous vos sacrifices un sacrifice nouveau pour vivifier, pour développer l'œuvre qui s'intitule la Caisse des écoles de cet arrondissement.

Je vous remercie de nouveau, mes frères, de vos sentiments et de votre concours, et je prie Dieu de vous en tenir compte. Permettez-moi de vous bénir, vous surtout, pères et mères, qui avez pu mesurer plus que d'autres la portée de mes paroles. Que Dieu soit avec vous, qu'il vous donne la volonté, la force, l'énergie pour bien élever vos enfants. Puissiez-vous les armer de tout ce qui est nécessaire, afin qu'ils se montrent supérieurs aux épreuves dans lesquelles la Providence les placera !

Je bénis aussi vos enfants de tout mon cœur, et je désire qu'ils aient les deux qualités, les deux forces, — double don du ciel et de l'éducation, — que j'ai souhaitées pour eux : qu'ils aient la lumière de l'esprit pour se connaître et connaître les hommes et les choses ; qu'ils aient l'énergie de la volonté, la pureté des mœurs, une vie bien gouvernée, et qu'obtenant ainsi l'amitié de Dieu et l'estime de leurs semblables, ils puissent traverser l'existence honorablement, y faire du bien et devenir ce qu'ils doivent être dans le temps et dans l'éternité : ici bas de bons citoyens, des personnes respectables, en un mot des chrétiens, et là haut des élus que Dieu récompensera pour leur courage et leur dévouement ; c'est ce que je vous souhaite à tous, au nom du Père, du Fils et du Saint-Esprit !

Typ. Charles de Mourgues frères, rue J.-J.-Rousseau, 8. — 3317.

www.ingramcontent.com/pod-product-compliance
Lightning Source LLC
Chambersburg PA
CBHW061421170626
46811CB00005B/2071